D1619581

GERSTENBERG

Für meine Eltern

Ein besonderer Dank an Natalie Moss für ihre Hilfe bei der Gestaltung der Höhlenmalereien und an *mis compañeros de erranT* in Granada, Spanien, dafür, dass sie einem Künstler von weit her ihre Türen geöffnet haben.

1. Auflage 2017
Copyright der deutschsprachigen Ausgabe

Die Originalausgabe erschien unter dem Titel *Return* bei Candlewick Press, Massachusetts
Deutschsprachige Rechte vermittelt durch Wernick & Pratt Agency, LLC.

Printed in the Slovak Republic
www.gerstenberg-verlag.de
ISBN 978-3-8369-5953-7

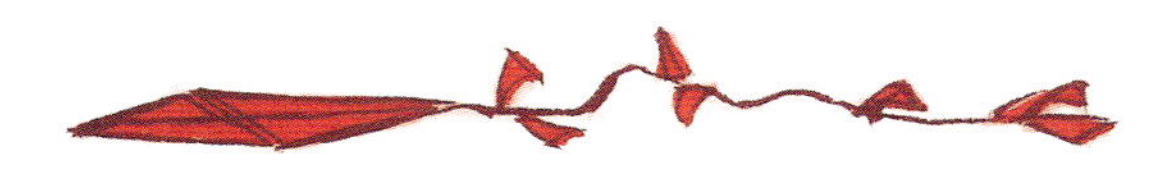
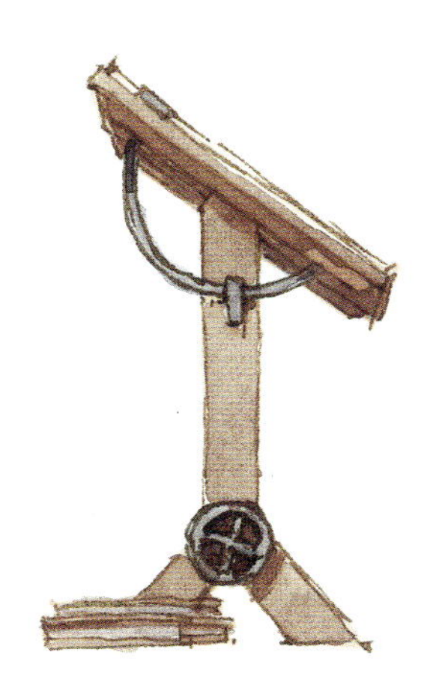
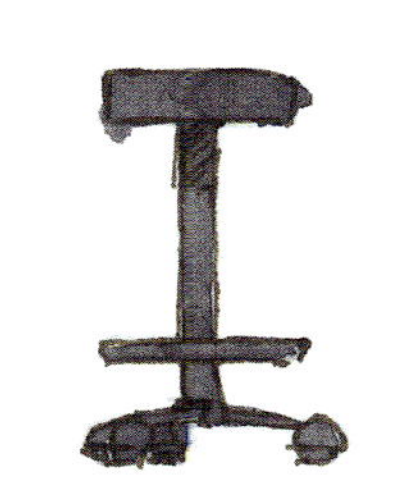

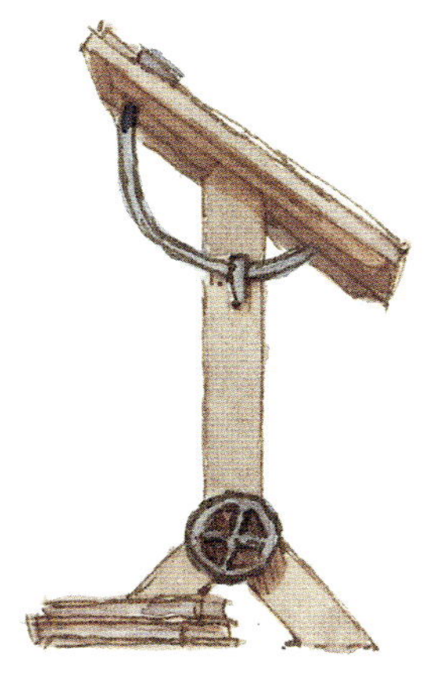